4e Fascicule.   Août.

LE
POÈME

Publication Mensuelle

—·—

TRIOMPHE

PARIS

MAURICE DREYFOUS, ÉDITEUR

13, RUE DU FAUBOURG-MONTMARTRE, 13

1889

EX LIBRIS

TRIOMPHE

Tirage à 500 exemplaires numérotés

N°

VICTOR BARRUCAND

TRIOMPHE

POÈME

MDCCCLXXXIX

TRIOMPHE

C'est au bord de la mer où le soleil se plonge.

Devant l'immensité l'Homme est debout; il songe

En écoutant le chant monotone des flots.

Parfois dans ses yeux passe une ombre d'épouvante,

Il frémit d'admirer cette masse vivante,

Cette grande agitée aux éternels sanglots.

En face des splendeurs du couchant sur l'abîme,

Il voit son âme obscure et sa pensée infime;

Du sublime entre en lui qui le force à pâlir.

Et l'esprit révolté vainement lutte et souffre,

Sa puissance de vol se fascine de gouffre:

      L'essor idéal doit faiblir.

Vaincu dans son orgueil, petit dans sa noblesse,

Impuissant à porter le fardeau qui le blesse,

L'homme saigne en son cœur engrossé d'Infini,

Avec ce douloureux savoir : oh ! se connaître...

« Pour quel triste destin, dit-il, ai-je dû naître ?

Comme il est rude et long le chemin du banni !

Espoir trompeur, ô joie, échos d'un vain délire,

L'existence est un livre où je n'ai rien su lire.

Pourquoi pensais-je, hier, demain j'arriverai ?

Le but jamais atteint a lassé mon courage ;

Quand verrai-je finir le décevant mirage

      Qui trahit la splendeur du vrai ?

Dans le temps écoulé, je retrouve ma trace,

Car je sens vivre en moi plus qu'un être, une race.

Au faîte d'un côteau péniblement gravi,

Je suis le voyageur qui veut reprendre haleine ;

Le passé m'apparaît comme une vaste plaine ;

J'en scrute les lointains sur le chemin suivi ;

Et dans chaque détour où mon regard s'enfonce,

Je reconnais l'obstacle où j'ai butté, la ronce

Qui déchira mon pied quand j'étais faible et nu.

Que de force perdue en marches obstinées !

Ferons-nous bientôt halte, ô sombres destinées,

Qui me poussez dans l'inconnu ? »

Cris secrets dont la plainte au cœur est comme un glaive!

— La nuit vient. Lentement s'évanouit la grève.

C'est l'heure où de clartés se précise l'obscur;

Toute gloire s'éteint, se disperse et recule

Dans la pourpre effacée où meurt le crépuscule:

L'étoile au regard d'or s'éveille dans l'azur.

Sur tout ce qui bruit et dans tout ce qui pense,

L'apaisement de l'ombre évoque le silence.

Anxieux, l'Homme écoute envahi par du soir;

Mais bientôt la torpeur sans rêves qui le grise

Se trouble d'une voix qui chante sa surprise

En paroles riches d'espoir.

— « Pourquoi la souffrance et le doute ?

Pourquoi l'amour de tes malheurs ?

Pourquoi dans le prisme des pleurs

Chercher l'horizon de ta route ?

Regarde mieux dans le passé.

En ces jours si remplis de luttes,

Ne retrouves-tu que des chutes ?

En reviens-tu le cœur lassé,

Pris de ce désespoir qui brise

Pour les combats de l'avenir ?

Lorsque ta raison veut bénir,

Faut-il que ton orgueil méprise ?

En marche vers ce qui s'enfuit,

Le Progrès lui-même s'ignore :

L'aurore ne voit pas l'aurore

Qui rose le front de la nuit.

Prends conscience de la force

Qui te donne un pouvoir nouveau :

L'esprit fermente en ton cerveau

Comme la sève sous l'écorce.

Ce n'est qu'en toi qu'il faut puiser

Le noble courage de vivre,

De monter plus haut, de poursuivre

L'impossible à réaliser.

Pas de but à ta marche altière :

Ce serait limiter l'espoir

Et fermer à l'horizon noir

Un rêve de pure lumière.

Revendique enfin ta grandeur,

Fils glorieux de la Nature,

Élève en toi la créature

A la fierté d'un créateur.

Sache vouloir et parle en maître,

Escalade le ciel, géant,

L'avenir est comme un néant

Qui par toi doit éclore à l'être.

Que la mort, sombre épouvantail,

Que le vice, que la misère,

N'ébranlent pas ta foi sincère,

Crois en moi. — Je suis le Travail. » —

Comme un son d'angélus matinale qui tinte

Sous le ciel clair que l'aube a blanchi de sa teinte,

Ce mot profond et doux, travail, a résonné ;

Et dans le rêve humain tout un monde s'éveille,

Où l'enchantement pur s'ajoute à la merveille,

Pour le ravissement du regard étonné.

Au-dessus de la nuit, plus haut que l'azur sombre,

L'esprit victorieux s'est affranchi de l'ombre :

Il voit. Les longs efforts des siècles effacés

Revivent devant lui dans leur force première ;

Le nom des peuples morts s'inscrit dans la lumière,

Par les travaux qu'ils ont laissés.

Il voit. Dans une vaste et libre connaissance,

Il comprend le secret divin de sa puissance :

Tout lui vient du labeur, son espoir et sa loi.

C'est la part d'infini qui s'offre à son courage ;

C'est par là qu'il répond à la mort qui l'outrage ;

C'est par là qu'il est fort, qu'il est grand, qu'il est roi.

La Nature vaincue un jour doit se soumettre ;

Dans l'univers conquis l'Homme restera maître ;

Et le Travail sera le sceptre triomphant

Qui, signe incontesté de sa force féconde,

Consacrera ses droits et courbera le monde

Devant sa faiblesse d'enfant.

Ainsi, dans l'unité d'une vivante sphère,

Les progrès accomplis et les progrès à faire

Se complètent. L'idée est comme un pur flambeau

Qui répand la clarté sur l'aveugle matière ;

L'esprit embrasse l'œuvre immense toute entière :

Il s'y voit reflété dans le Bien, dans le Beau.

Et malgré l'insondable inconnu qui l'opprime,

Malgré l'erreur, le mal, la sottise et le crime,

Il marche vers sa fin, épris de vérité,

Il prend possession lentement de lui-même,

Il recherche ennobli l'activité suprême

Que lui donne la Liberté.

De la hauteur sereine où le but se dévoile

Comme l'éclat pâli d'une lointaine étoile,

L'Homme bientôt retombe aux brumes du réel,

Mais sans cris, sans révolte, apaisé d'espérance,

Ayant, pour s'isoler dans la vaine apparence,

Le conscient orgueil d'un pouvoir immortel.

— Il s'adresse au Travail. — « Soit, tu m'ouvres la porte

Du royaume infini que l'Avenir m'apporte ;

Mais dans le temps présent j'ai besoin d'un appui,

N'es-tu rien que l'espoir de mon âme opprimée ? »

Il dit, puis se recueille, et sa raison charmée

Entend la Voix qui chante en lui.

— « Oui, je sais que ton corps fragile

Souffrant toujours, meurtri souvent,

Fléchit comme un roseau mouvant

Et se brise comme une argile.

Je sais tes besoins et tes maux :

La nécessité te domine,

L'âge, la douleur, la famine,

Ne sont pas seulement des mots ;

Je sais tout ce que ton cœur pense,

Tes devoirs, tes droits, tes désirs,

Et la vanité des plaisirs

Que tu voudrais en récompense ;

Je sais. Je t'ai vu pauvre et nu,
Craintif dans la nature hostile,
N'ayant rien, pas même l'utile,
Et c'est pourquoi je suis venu.

Je t'ai tendu ma main prodigue,
T'offrant gloire, richesse, honneur,
Vertu, santé, joie et bonheur
En échange de ta fatigue.

Avant tu n'étais qu'un bandit,
Je posai sur ton front la palme
D'une majesté pure et calme,
Ingrat, pourtant tu m'as maudit.

C'est qu'alors ton âme trop lâche

Ou trop faible n'avait su voir,

Dans la noblesse du devoir,

Que le fardeau lourd d'une tâche;

J'étais le cruel châtiment

Punissant la faute ignorée,

Et pour ta race délivrée

Tu rêvais la fin du tourment.

Mais apprends à me mieux connaître.

Je suis la source de tout bien;

Je suis le but, non le moyen,

Qu'il faut imposer à ton être.

Sache goûter la volupté

Qu'en ton cœur assoiffé je verse,

Et l'apaisement dont je berce

Ton esprit toujours agité.

Hors moi tu sombres dans le doute,

Dans le vide du morne ennui ;

En moi tu trouves ton appui

Et le guide sûr de ta route.

Que la mort, sombre épouvantail,

Que le vice, que la misère,

N'ébranlent pas ta foi sincère :

Espère et crois — par le travail. »

ACHEVÉ D'IMPRIMER

Le 31 Juillet 1889

SUR LES PRESSES DE PAIRAULT ET Cie

A PARIS

FASCICULES PARUS

—

Amour Idéal
La Chanson des Mois
Une Partie d'Echecs

www.ingramcontent.com/pod-product-compliance
Lightning Source LLC
Chambersburg PA
CBHW060911180626
46818CB00004B/1920